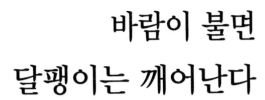

청어詩人選 303

바람이 불면
달팽이는 깨어난다

기세원 시집

시인의 말

우환으로 인해 본의 아니게 전주에서 출퇴근하다 작년에야 고향에 다시 터 잡으니 감회가 새롭다.

더구나 새로 잡은 터가 변산으로 가는 길목의 석불산과 수양산 사이에 있는 아늑한 마을인데다가 변산반도 최고봉인 의상봉이 바로 굽어보고 있고, 해질녘이면 변산 노을이 매번 서쪽하늘을 물들이며 그간 지친 심신을 달래주곤 하여 마음가짐을 새롭게 한다.

마을 이웃들과 평소 아낌없이 은혜를 주신 분들을 초청하고 싶은 마음 굴뚝같지만 코로나19로 인해 챙기지 못해 안타까운 심정 이루 말할 수 없다.

첫 시집을 출간한 지 4년이 지났다.

그동안 몇몇 문학단체에 가입하여 활동을 한다고는 하였지만, 평소 재능이 무딘데다가 직장생활을 한다는 핑계로 창작을 게을리하다가 두 번째 시집을 준비하다보니 영 마음에 차지 않는다.

이번 두 번째 시집은 첫 시집을 낸 후 발표한 작품들과 첫 시집에 실리지 못하고 이리저리 산재해 있는 시들을 묶어 정리하고자 한다.

아직도 일어서지 못하고 옹알이하는 갓난아이처럼 잡다하게 남아있는 시상들이 있지만 이번 기회를 통해 미련 없이 지워버리려 한다.

이제 새롭게 시작하고 싶다.

나만의 철학과 개성을 담은 시작노트를 새로 마련하여, 남은 인생 누군가 단 한 명에게라도 위안을 주고 희망을 주는 시인으로 거듭날 수 있기를 소원한다.

하서면 장신리에서
기세원

바람이 불면 달팽이는 깨어난다

2부   미이라 리모컨

4부   감꽃엽서

해설_기세원 시인의 변산별곡　123
　　　정군수(시인·평론가)

1부

붉노랑 상사화는 피고

문상

금광동 기남이 아저씨가
암으로 돌아가셨다는 소식에
부랴부랴 퇴근길에
장례식장 다녀오는 봄날

향불 하나 올려드리고
코로나 걱정되어
술 한잔 못하고
부랴부랴 서둘러 신발신고 나섰네

카톡으로 나누던 인사
마지막으로 보며
연락처를 지우는데
하나하나 지워가는 연락처가
내 인생의 시간도 그렇게
지워가는 것일진대

변산으로 지는 노을이
오늘따라 왜 이리 서럽던지
가족들 앞이라 차마 울지 못하고
밤늦게까지 화단에 쪼그리고 앉아
잡초만 뽑고 있었다

단풍 구경

농기계 있다는 죄로
주변 마을 어르신들 논밭까지
트랙터, 이앙기, 콤바인 작업에
볏짚까지 다 묶어야 한해를 마무리하던
구암마을 정수 형님
기어코 목디스크로
병원수술까지 받고서
망(忙) 가실을 맞았다

일은 못하고
겨우겨우 운동 삼아 뒷산에 같이 오르더니
탄성을 내뱉는다
"난 이작껏 가을이 이렇게 좋은 줄 몰랐어야"

좋아서 감탄사를 연발하는
형님 앞에서
내장산 단풍은 더 좋다는 말은
차마 하지 못했다

청호지에서

님 떠난 정류장 길가에
개망초 꽃
우뚝
고개 들고 피었네

청호지에는 참붕어
봄바람에 살찌고 있는데
붕어찜 가시 발라
더운 밥 위에 올려주고
말없이 바라보던 님

봄비 내리는
빈 정류장 지나
그리운 마음 발자국에 남기고
개망초꽃 휘적거리며
다시 찾은 뚝방에
더운 밥처럼
눈가에 아지랑이만 아물거리고
긴 밤 꿈속 길 따라
삐비꽃만 지고 있었네

채석강 3

놀라워라
채석강의 단애(斷崖)
바람과 파도와 세월이
차곡차곡 쌓여
절경을 이루었네

단 몇 번의 고생으로
몇날 며칠의 밤샘 노력으로
뜻을 이룬다면
얼마나 좋을까마는

저 절경도 부족한 듯
짓쳐오는 무수한 파도, 파도를
온몸으로 맞으며
제 몸을 가꾸는 채석강이여!

그 수억의 세월도 모자라
오늘도 파도와 바람을
반기고 있는 채석강에
게으른 내가 서있네

곡우

오늘 단비에
보리이삭 꽤나 영글겠다

동트기 전 자작나무
하얀 입김 내뿜으며
맑은 물을 길어 올리면

지금쯤
칠산 앞바다엔
조기떼 울음 거창하겠다

고추모종 심다가
진한 꽃잔디 향기에
쑥국새 우는 먼 산만 바라보던
무심한 울 엄마도
오늘밤은 밤새 뒤척이겠다

그대에게 보내는 편지

-故 고미영 추모 10주년에 부쳐

벌써 강산이 한 번 변했다
언젠가는 겪어야 할 이별이라지만
그대의 밝은 미소는 늘
내 안에 잠겨 있었다
그 해맑은 미소만 남겨두고
떠나신 님이여!
끝없이 도전하던 가쁜 숨과
하늘을 향하던 맑은 영혼과
쉬고 싶어도 참고 가던 막막한 열정의 꿈으로
아직도 남은 봉우리 꿈을 꾸고 있는가

아무것도 모르는 불모지
외진 시골마을에 나고 자라
정녕 그대가 이루고자했던 꿈이었다면
조금만 일찍 보살피고 이끌어 주었다면
이내 그 뜻을 충분히 이루고도 남았을 텐데
늦은 나이에 스포츠 클라이밍 입문을 하더니
이내 적수가 없어
결국 산 정상을 올려다 본 것이 죄였구나

그것이 운명이었던가!

지구의 가장 높은 봉우리

설산을 향한 거친 도전으로

그대의 헤진 등산화는 바다 건너 설산으로 향하고 있었다

그대의 옷은 늘 땀에 절어 있었다

그대의 더운 입김은 늘 눈보라와 함께였다

그대의 손톱은 매니큐어 대신 피멍꽃을 피우고 있었다

그대의 입술은 립스틱 대신 소금기를 머금고 있었다

그대의 퉁퉁 부은 발가락은 히말라야 산봉우리를 닮아있었다

치열한 산악 히말라야 험준한 준령

고산의 추위를 열기로 덮으며

하늘을 우러르며 가까이 하고자 했던 열정이여!

이제 훈장도 가치 없어라

무지개도 산중턱을 넘지 못하는

인도 기러기들처럼 휘몰아치는 눈보라와 싸워가며

터벅터벅 한 걸음 한 걸음

발자국을 새기며 이루어낸 길

결국 파키스탄 드리피카 정복을 시작으로

초오유, 에베레스트, 브로드피크, 시샤팡마, 로체, k2,
마나슬루, 마칼루, 칸첸중가, 다울라기리, 낭가파르바트
가냘픈 여자의 몸으로
지구의 가장 큰 봉우리를 차례로 점령했다

여기 고향에 여름이 온 것처럼
히말라야 산 아래에도 여름이 왔다
초원에 꽃이 피고, 옥수수 익는 냄새
조랑말은 방울소리 따라 코를 훔친다

그대의 설산 닮은 하얀 미소가 그리워
그대의 거친 도전과 열정을 기리기 위해
오늘 그대를 추모하나니
이제 모든 것 잊고 편히 쉬소서…

이제 장엄한 설산도 너의 일부가 되어 있는데
그대여 천국에서나마
행복한 여행을 즐기소서…

고향의 여름

느티나무 위에 올라
노래하고
하모니카 불던 아이들은
생계 찾아 멀리 떠나고

짙은 그늘 아래
장기 놀던 노인들은
생(生)을 잃고 멀리 떠난
고향의 여름

떠날 준비가 덜된
늦매미들의 곡(哭)소리
세월 참 무상하지

느티나무 홀로 지키는
적막한 고향의 여름 한낮
빈 정자엔
매미울음만 가득하네

여름날의 성찬(盛饌)

텃밭은 안식(安息)이다
넓은 옥수수 잎 사이로
불어오는 바람
이 바람 한 조각 얻으려고
청춘은 얼마나 헤메었던가

매운 세상일랑
벌레랑 나눠먹는 고추밭에서
매운 고추하나 따서
세심정(洗心亭)* 그늘 찾아
후우하아
찬밥에 물 말아먹고

입가심으로
상큼한 오이 따서
우득득 베어 먹는 점심 한 끼
정신없이 보내버린 청춘의 보상인가

산그늘이 세심정을 찾아오면
밤 마실에 들떠 한껏 치장한
변산 노을도 불러
마실 길 떠나기 전
저녁참으로 찐 옥수수나 같이 먹어야지

*세심정: 현재 거주하고 있는 집터에 딸린 작은 정자 이름

입춘 산행

아직도 겨울 끝이 맵다
살갗을 에이는 눈보라
와— 와— 고함을 지르며
능선을 따라
끊임없이 쏟아져온다

연분홍 꿈꾸며
진달래 마른 가지
겨울계곡 아찔한 바위 끝에서
잠 못 이루고 뒤척이고

겨우내 쌓인 눈
이기지 못한 소나무
부러진 발목 부여잡고
붉은 고사리 낙엽 위로
쓰러져가는 입춘의 석불산*에도

봄은 이미
땅속에서 고사리, 진달래와
서로 밀담을
주고받고 있었다

*석불산(石佛山): 전북 부안군 하서면에 있는 산. 소나무 숲과 꽃무릇 군락이 서로 조화를 이루어 수려한 경관을 자아낸다.

사월의 고사포

어스름이 깔리는 고사포 바다
그리움은 타오르는 붉은 일몰이 되어
깊은 바다 속을 뒤집어 놓았다
파도는 생선 비늘처럼
날카로운 눈빛으로
감당하기 어려운 불면과
한숨만 남긴 채
가여운 사랑은 사월의 밤바다를 배회한다

술 한 잔에 호기를 부리며
떠벌이던 내 입도
마지막 사랑의 비밀은 가슴속에 묻어두고
바람이 찔레꽃 향수를 풍기며
불면을 재촉하는 밤이면
나는 변산의 밤바다를 반추한다

가시를 삼킨 듯
너와의 이별은 상처를 덧나게 하고
변산에 그대사랑 간직한 이 있음을
코끝 찡한 그리움이
사월의 바람 속에서 나를 맴돈다

빈 바다에서 거대한 울림을 얻는다
비어있어 아름다운 소리를 내는
목관악기처럼
마음을 비워낸 사람에게서
거대한 사랑의 울림을 듣는다

붉노랑 상사화는 피고

고즈넉히 그리움이 담긴 마실길에
붉노랑 상사화는 피고 있다
그대는 꽃이었고
나는 잎새였던가

상사화 애틋한 길을 지나
그 뜨겁던 여름이
식어가는 변산해수욕장을 보니
그대 모습 사무친다

―그대가 꽃이었고 말고… 멀리 비안도 안개구름에 둥둥 떠
다닐 때 새벽이슬 머금고 다시 피는 꽃이었고 말고… 세월
은 가지만 또 그대들이 다시 오기에 세상은 오롯이 아름답
게 흘러가는 것, 거룩한 것은 그대 안에서 피어나는 사랑뿐
인 것을…―

사랑을 찾은 갈매기가
사망암(土望巖) 절벽에 둥지를 튼다
사랑을 그리는 마음은
붉노랑 상사화나
날짐승이나
인간사 모두 한결같구나

한적한 송포항구
얼큰한 해물국밥 한 그릇에도
마음이 통했던 날들을 추억하며
저 황홀한 변산 노을을
그대에게 보낸다

부사의 방을 찾다

이젠 묻혀버린 길이다
가늘게 가늘게 이어져가던 길
문수동 골짜기
시나브로 사라져간 길은 수풀만 무성하고
괴기한 고라니 울음만 메아리로 울려온다

선인(仙人)은 잊혀진 지 오래
도솔천이 그리워
변산 깊은 산중
부사의 방*을 찾는 구도자의
등줄기 땀이 능선을 적신다

외줄 지붕 거처 삼아
고통으로 참회하며
절망의 끝에서 미륵을 찾던 염원에
희망은 저 낭떠러지에서 벼랑을 타고 오는가

발밑만 더듬거리며 살아왔던 내가
넓고 큰 뜻 깨닫기 가당하기나 할까
해탈한 바람만이
귀 밑을 스쳐갈 때
내변산 계곡에 산그림자가
바다보다 깊어간다

*부사의 방: 통일신라시대 미륵신앙을 설파한 진표율사가 참선한 절
벽바위 수행터. 전북 부안군 내변산의 선계산(仙溪山)에 있다.

개암사 새벽길

밤새 산사 풍경소리에
뜬눈으로
풍경을 새기던
산새 한 마리

새벽 눈 뜨자마자
잔잔한 호수에
범종소리를 그리고 있다

변산 바람꽃

누구를 찾아 왔나요
아직 겨울 한파 맴도는 바위틈에서
꽃 피는 봄은
아득하기만 한데
불쑥 찾아오시면 어찌 하나요

매화 미소 머금고
이 한파에 찾아오신 님
따뜻한 구들장 아랫목
그대에게 내어준대도
한사코 마다시며 찬 바위 고수하시면
내 맘은 어찌 하나요

손잡고 같이 갈까요
꽃피고 새 우는 아늑한 나라
그래요
이왕 일어선 김에
함께 만들어 가십시다
그대 그리는 봄 나라를

가고파털보횟집

거기서 술자리를 끝냈어야 했다
하룻밤 지나면
기억도 나지 않을 일로
서로 얼굴 붉히며 비틀거리던
밤이 가고
거울 속 충혈된 눈으로 바라보는
한 사내가 죽이고 싶도록 미워
욕실 벽에 머리를 박아대는 새벽

빈속에 남아있는
열망과 절망의 화해를 위하여
변산해수욕장 끄트머리에서
폐허가 된 송포항과
맞서 있는
국밥집에 간다

문 열자
폐선에서 오들오들 떨고 있던
갈매기 울음소리
바닷바람 등 떠밀며

먼저 주방까지 달려가
따끈한 국물 재촉하고 난 뒤
주춤주춤 난롯가에 자리 잡으면
파도자국 깊이 패인 이마 고동색 벙거지에 감추고
세상일이란 으레 그렇다는 듯
물잔보다
구레나룻에 너털웃음을 먼저 담아온다

해장 한 끼라도
해물과 야채, 양념과 육수가 알맞게
어우러져야
제 맛이 난다고
매운 세상살이
속도 맵게 다스려야 풀린다고
그래야
맵던 겨울도 한결 견딜만 하다며
가고파털보횟집* 사장은 웃는다

얼큰한 해물국밥에 속도 풀린다
그래도 밤새 같이 있었으므로
이만한 성찬에 내 몫도 있는 것이다

*가고파털보횟집: 전북 부안군 변산해수욕장 끄트머리 송포항에 있
는 식당 이름. 현재는 옛 주인은 작고하셨고 식당 이름도 바뀌었다.

울력

돌 많아서 돌마리인가
깡촌에 돌만 많아
먹고 살기 힘들어
너도나도 상경하니
마을엔 채 몇 가구 남지 않았다

그 많던 집터는 전답으로 변한 지 오래
면에서도 가장 작은 마을로 쇠락해버리니
그래도 본촌(本村)인데
이럴 수 없다고
점동이 아재 이장되어 팔 걷어붙이고 나서더라

틈만 나면 젊은 귀농인 유치하고
시냇가 다리며, 길포장이며, 상하수도 공사 유치하랴
군청 면사무소 큰일 있으면
그 많은 농사일 젖혀두고 봉사활동 나갔다

군민 화합잔치에서
담당책임자 찾아다니며
저수지 하나 바닥날 만큼 술 마시며

마을일 성사시키고
그날 기분 좋아 앞 주막에서
둠벙만큼 또 비웠다던가

결국 혼자 운전하다 전복되어
갈비뼈며 다리뼈며 죽다 살아나서
해거름이면 회복 차 산책 나선다

마을단장에 울력 나온
동네사람들 술메기 자리에서
본촌양반 한잔 하라는 성화에도
그놈의 술 징그럽다
손을 홰홰 내두르며
그래도 그 술이 이렇게라도
마을 발전시켰노라고
후배 이장에게 비법 전수하니
동네 분들 웃어가며
고개 끄덕끄덕하는데
영은천*에 천렵 나온 황새들도
그 말에 끄덕끄덕 맞장구치더라

*영은천: 전북 부안군 하서면 석상리 옥녀봉과 우슬재 자락에서 발원하여 주상천에 합류하여 서해로 흐르는 지방하천.

환삼넝쿨 1

위장한 단풍잎으로
사냥하는 뱀처럼 슬금슬금 기어서
대추나무며 감나무며
칭칭 감아 죽이는 저 놀라운 욕정

그 욕정이 서서히 숲을 뒤덮는다
젊은 날
길 잃고 방황하다
팔목에 주저흔처럼 맺힌 상처를 안고

길과 길의 경계에서
희망과 좌절의 경계에서
늘 머뭇거리던 까닭은
이 자리를 벗어날 수 있을 거라는
믿음 때문이었다

춘궁기 고리채 가져온 게 죄였지
그 해 농사 뺏기고
해마다 야금야금 전답 뺏겨가며
연명하던 불면의 밤들에
아버지는 비쩍비쩍 말라가고 있었다

지척에 두고도
평생 내장산 단풍 구경 한 번도 못 갔던 아버지가
가을을 채 맞기도 전에
가시넝쿨 단풍잎에 옥죄어 허덕이던 날에도

그러거나 말거나
수많은 넝쿨
손도 모자라

잿빛 씨앗까지 먼지처럼 풀풀 날리며
표독스런 욕망의 저 뻔뻔함에
대추, 밤, 감나무 할 것 없이
하얗게 말라죽는 성하(盛夏)의 계절이여!

환삼넝쿨 2

어머니는 뙤약볕 비탈 밭에서
푸념을 쏟아낸다
"지독한 것들이여…
 첨부터 발을 못 붙이게 해야 했는데…"

고리채 빚더미에
비쩍 마른 아버지는
한밤중에도 잠꼬대를 한다
"지독한 것들이여…
 첨부터 발을 못 붙이게 해야 했는데…"

환삼넝쿨에 포박당한 초록이
몸부림칠 때
뉘엿뉘엿 아득한 봉우리를 끌고
산그늘만 짙게 드리어온다

2부

미이라 리모컨

이장(移葬)

이산 저산 산재한 조상 산소
해마다 벌초와 성묘가 고단하여
미리 터 잡고
사월 윤달 맞아 이장하는 날

철 안든 놈은 컴퓨터 오락이나
철든 놈은 취업 공부 핑계로
정년 앞둔 두 형제
새로 마련한 둥근 유골함에
한 줌 재를 모셨다

민들레 홀씨
빈 대궁만 남겨놓고
훨훨 바람 따라 떠난 뒤

호랑나비 지친 날개
쉬어가는 고즈넉한 산소에
윤 사월 햇살 머무는 오후
작은 홀씨 무심히 내려앉는다

매미

누구나 매미 한 마리
가슴에 품고 살지

썩은 짚더미나 흙속에서
속울음만 울다가

쌓이고 맺힌 통한을
한 번쯤 세상을 향해

격렬히 울고 싶은 그날을
꿈꾸며 살지

바람이 불면 달팽이는 깨어난다

바람이 불면 흔들려야 한다
세상 이치가 그러하듯
담장 끝 해바라기가 바람을 몰고 추녀에 그림자를 새길 때
태양은 그의 긴 허리를 첫 사랑의 아픔처럼 낚아챈다
다시 담장으로 내몰린 그는 제 그림자를 지운다
바람이 불어오기를 기도하며 태양과의 접신을 시도한다

그때는 기어코 흔들리리라
축축한 눈 그늘과 마른입과 까닭 없는 두통과
세상의 모든 빛이 불면을 재촉하면
해바라기에 지친 나팔꽃이 늘어진다
지루해진 나팔꽃은 제 몸을 빙빙 꼬며 추녀 끝 달팽이를 찾는다

바람이 불면
달팽이의 몸에서 서걱거리는 소리가 난다
축축한 촉수에 남아있다
더듬거리던 사랑
달맞이꽃이 노랗게 몸속에 스며들던 밤
그는 밤새 달까지 도달해야할 거리와 시간을 계산했다
눈꺼풀이 무겁게 내려앉는다

입을 다문 꽃 대궁에서 바람이 일고
굳게 닫힌 낡은 대문을 두드린다
이제는 오실 이 아무도 없는데
바람은 두드린다, 잡초 우거진 대문이 흔들린다

이 바람이 비를 몰고 올 거라는 건 직감으로 안다
그 비가 천둥처럼 네 귀를 두드릴 거라는 것도 직감으로 안다
이 바람이 지나면
달팽이는 추녀에서 나와 고단한 무릎을 쭉 필 것이다
서걱서걱 소리를 지우고 껍질은 더 단단해질 것이다
바람소리에 불면의 밤이 더 길어질수록
음습한 추녀를 거부하고
달팽이는 낮이면 달맞이꽃 꽃술에서
밤이면 해바라기 씨방에서
두 귀를 세우고 꿈을 꿀 것이다

바람이 불면 달팽이는 깨어난다

가을 보고서

풍년의 들판에서 절망을 본다

안개길 쭈뼛한 출근에
하얀 어둠에서 헤메던
귀농인 가족이 야반도주 했다는
아침 첫 보고

연체된 대출금 걱정보다
또 하나의 무너진 희망이
안타까운 황금빛 가을

역귀농해서
고복격양(鼓腹擊壤) 누리면 좋으련만

'나는 자연인이다'
종편의 꼬드김에
청산별곡 되뇌이며
원시의 삶을 기웃거린다

컵라면 익는 동안

점심시간은 이미 지났다
한 끼 굶으면 어때
단념하려 해도
먹고 살자고 하는 짓인데
지나간 한 끼는 평생 못 찾아 먹는다고
위장이 하소연한다

좁은 동네 식당에서
혼밥을 한다는 것은
또 하나의 눈칫밥이다

쓸데없는 기우라는 걸 알면서도
저 친구 오늘 무슨 일 있나
눈초리가 두려워
숙직실 구석에서
꼬들거리는 면발을 저을 때
갑자기 그 사내의 땀 냄새가 떠올랐다

막막한 삶속에서도
뜨거운 열기로 휘휘 젓고 싶다던
컵라면 익는 3분 동안
추억의 사내가 코끝을 맵게 스쳤다

역천명(逆天命)

혼자 집에 남아있을 나는 아랑곳없이
나들이 가려는가 봅니다
아내는 한참 치장하며
거울을 들여다봅니다

"어쩜, 이리 고울까. 한 송이 꽃 같네."
어젯밤 술 처먹고 늦게 들어온 내게
해장국 한 그릇도 주지 않고
외출준비 하며 나 들으라는 소리에
심사가 뒤틀립니다

"어디 아파? 병 걸렸어."
아내의 뒤통수에 빈정을 꽂습니다
"왜, 병자 같아?"
"응, 자아도취병."
"그럼 나르시즘을 불러오는 수선화네."

'수선화가 맞긴 맞지.
 종일 수선스럽고
 굉장한 수선이 필요한 여자.'

못 들은 체 넘어갈 걸
혼잣말을 들었나 봅니다
괜히 천명을 거스르다
하루 종일 굶었습니다

문중 시제를 모시는 날

대개가 한식(寒食)날과 식목일이 겹쳐서
문중 제사는 의례 4월 5일이었다
일상에 쫓겨 만나지 못했던 친인척들과
처음 보는 형제 조카 인사 나누는 이 날엔
다 같이 선산에 나무 한 그루 기념으로 심고
조상을 살펴보며
바쁜 도시생활에서도 근본을 잊지 않았다

OECD 국가 중에서도 노동시간이 가장 많다는
대한민국이
더 이상 울창한 산림 때문에 식목일이 필요 없어졌을까
아니 국가경쟁력을 위해
노동일수가 더 필요하다는 재벌들의 필요에 의해서였는지
는 몰라도
식목일 휴일을 없애버린 날부터
몇몇 늙은이들만 한식날에 맞춰 조상제사를 모시다가
젊은이들이 나서서 문중 시제일을
한식날이 끼어있는 주(週) 토요일로 개정하였다

당숙어르신은 젊은 것들이
조상시제를 어떻게 그렇게 바꾸냐고 따지고
직장생활을 하는 일가들은
표결대로 현실에 맞춰 지내자고 우기니
당숙어른을 위시한 몇몇 어른들은
너희들끼리 시제 모시라 하고 떠나버렸다

황망한 봄날
유세차(維歲次) 축문 읽는 소리가
민생을 팔아먹는 국회의원 후보들의 유세차(遊說車)의 고음에
묻혀버린 임진년 문중 시제날은
봄 하늘이 유난히 뿌옇게 드리워져 있었다

텃밭 블랙리스트

이젠 필요 없어요
고혈압 당뇨 고쳐냈어도
고추밭에선 잡초인 것을
쇠비름, 뚱딴지, 줄풀, 익모초, 질경이…
제 아무리 혼자서도 잘 자란다지만
틈틈이 호미로 북북 긁어내면 그만인 것을

이젠 소용없어요
간경화 말기암 고쳐냈대두
배추 밭에선 잡초인 것을
엉겅퀴, 민들레, 한련초, 비단풀, 까마중…
제 아무리 생명력이 강하다지만
물줄기 끊고
땡볕에 제초제 쳐대면 그만인 것을

밤에 치면 아무도 몰라요
뿌리째 말려 죽인다는 근사미가 좋대요
아무리 유기농, 무농약 텃밭이라지만
잡초가 있는 밭은 자존심 상해요
겨울 준비를 위해서도

근사한 배추김치 담그려면
어쩔 수 없잖아요

산야초 찾는 서러운 님
검은 머리 위로 서리만 내리는 늦가을이다

제사

어머니는 오래된 흉터가 깊이 패인 마루 한쪽에서 넋 놓고
계셨다
살과 피는 자식들에게 다 내어주고
굽은 등뼈와 가죽만 남은 몸으로 혼자 사시던 어머니는
아버지 제삿날에 맞춰 모인 가족들이
큰 탈 없이 안녕하다는 다행스러움과
북적이다가 가족이 모두 떠난 뒤 맞을 공허함이 문득 교차
되었다

평상시 자식보다 더 효자인 누렁이는
제 주인의 기분을 눈치 채고
마루 밑에서 끙끙거리며
달팽이처럼 촉수를 늘어뜨렸다
여름 폭우가 우박처럼 지붕에 떨어지고
시간이 흘러 지워진 슬픔만큼 그리움도 커져갔다

불빛에 날아든 장수풍뎅이 한 마리에
호기심이 발동한 외조카,
제 키보다 더 긴 막대기를 들고
엉덩이를 뒤로 뺀 채 살살 뒤집는다

바닥에 떨어진 풍뎅이를 자꾸 뒤집는 조카를
어머니는 한사코 말리셨다.
"미물이라도 함부로 죽이는 것 아니다. 할아버지가 풍뎅이로
변해 손주 보고 싶어서 왔을지도 모르잖누."
긴 막대기를 움켜쥐고 다가오는 풍뎅이에 조카가 기겁했다.
"에이, 할머니는… 작년엔 매미가 할아버지일지 모른다구 하
구선…"

공허한 웃음을 타고 너머
세월은 살과 피를 후손에게 물려주고 있었다

혼술

카톡
밴드
친구 많아

트위터
페이스북
친구 참 많지

근데 혼자 술 마시는
나는…

새벽에 거울을 본다는 것

남자가 새벽에
거울을 본다는 것은
어리석음을 책망하기 위함이다

비겁하고 욕된 모습을 천천히 들여다보고
참회하기 위함이다

부끄러움 가득 찬 낯선 얼굴
전부 드러내놓고 닦아내기 위함이다

그러기 위해서는
때때로
거울이라도 깨끗이 닦아놓을 일이다

아침밥을 앞에 두고

김 모락모락
통통하게 살찐 밥
예쁘기도 하여라

오늘 아침 상에 오르기까지
여든여덟 번의 정성으로
가뭄 한 달
폭우 한 달
태풍 세 번을 흔들리며 이겨내고
껍질 벗기고
살을 깎아내어 이 밥상이
향긋한 단내로 채워졌거늘

살아온 줄기 버리고
내 살도 깎아야
따뜻한 밥상으로 공양한다는 것을
묵묵히 가르치는
오늘 아침밥 한 공기

쑥국

겨우내 봄 그리며
돋아난 향이다

나는 사람이 아니었던가

겨우내 이불 속에서
뒹굴거리는 내게
쑥국을 끓이는
아내의 부탁
이제 제발 사람 되라고

집안은 쑥향으로 가득 차고
아내 잔소리가 내려앉는
내 이불동굴에서
게으른 봄은 아직도 뒤척거린다

술 처방

글안토 오늘 비와서 공쳤는디
시방, 성님 내한티 머라고 혔어라우?

나사 빠진 놈이라구요?
그래도 나사 빠진 놈은 낫습디다
빠진 나사 새로 끼워넣든지
맞는 나사 없으면 나무라도 깎아
우선 땜빵이라도 허니까요

글먼 니는 녹슬어 움직이지 않는 나사여,
도라이바 아무리 돌려도
이빨 빠져 뱅뱅돌다
대가리만 댕강 널러가뿔고
더께입은 찌꺼기랑 찰싹 한몸이 돼가뿐
그런 나사랑께
마느레 안궁당가

머땀세 내가 거그 마느레여,
지랄 염병들 허지 말고
나사는 달나라 가니라 바쁘댑디다

근천시럽게 묵은지 하나 놓고 그러덜말고
속배린게 여그 뜨끈한 순댓국물 먹고
술이나 한잔 더 함서
나사를 캐든지 달나라를 가든지 허드라고

마누래 말이 맞네
이왕 오늘은 공쳤응게
술이나 한 잔 더 먹더라고

그나저나 낼은 비 끄쳐야 될껀디
우덜은 굶어죽고
우산장사만 돈 벌건네

상경(上京)

이제 불을 꺼라
밤새
바람에 시달려 떨어진 둥지만이
슬픔이겠는가
이렇게 흔들리는 날엔 연애를 하자, 언제
푸른 하늘이 있었는가
우리 이렇게 흔들리는 날엔
그저 바람처럼 거친 연애를 하자

이제 내 것이 아닌 귀
씻어내려면
사랑한 만큼 아픈 슬픔만 다가오는
마른 나무들
부딪히며 울 듯
밤새 그렇게 사랑을 하자

땅에 뿌리를 박고 살아왔던 죄라고
울지 말자
진흙 땀으로
움푹 패인 발자국만 논고랑에 남기고

지진처럼 흔들리며 모두 떠난들
고이 숨이나 쉴까
꽃 피워야 할 봄날
황사 바람 속에서…

어서 불을 꺼라
둥지는 뒹굴어 어느 곳에 처박히든
향기로운 살 냄새
벗겨진 껍질에도 새싹은 돋으리니
우리 뿌리는
샘이 깊은 곳으로
시퍼렇게 뻗어 가나니

미이라 리모컨

리모컨을 포장테이프로 칭칭 동여맸다
육남매 홀로 키워 객지로 분양하고
고향뒷산에 홀로 남은 굽은 소나무
밤새 외로울까봐
위성티비 설치해드린 지가 2년 전인데
찾아 뵐 때마다 TV는 꺼져 있었다

티비를 켜드리며
매번 작동법을 자세히 설명해 드리고
실습을 시켜 드린다.
젊은 시절 강단 있어
여장부라 불렸던 어머니도
나이 팔순이 되자
맨몸으로 생계를 위해 날일 품팔이로 보냈던
밭고랑을 닮아갔다

하루하루 일상을 지워가며
다시 어린아이로 돌아가기로 작정한 어머니
삼남삼녀 아들딸집이나 요양병원을 견디지 못해
마을 뒷산 쭈그렁 소나무 되어
고향에 홀로 남았다

그 옛날 어머니처럼
생계에 쫓겨
도시의 들판을 헤메이다
소식을 듣고 달려왔던 누님은
슬픔과 안쓰러움이 가득한 표정으로
뒤뜰 대밭처럼 울었다

복잡한 위성티비 리모컨을
전원과 채널, 볼륨 버튼만 남기고
모든 버튼을 테이프로 칭칭 동여매 감춘다
불효자의 양심도 꽁꽁 싸맨다
어머니의 역사가 두 눈만 남긴 채
미이라처럼 칭칭 감기는 듯하여
그날 속으로 많이 울었다

봄바람

하필이면
꽃이 필 즈음
바람 분다고 원망했더니

꽃이 피는 날
바람 부는 게 아니더라
바람 부는 날을
꽃은 기다리고 있더라

꽃은 사방 천지에
제 향기를 품은
봄을 퍼트리고 싶었던 게지

꽃 축제 나선
봄맞이 여인네들
멀리서도
봄 향기가 전해오더라

목욕

어릴 때는 밖에서 묻은

먼지를 씻어내고

어른 되면 내 안에서 돋아난

오물을 씻어내는 것

폭염(暴炎)

선풍기 하나로
웃통 벗고 견디어도
지금은
내가 인간으로 태어났음이 감사하다

저 폭염에
좁은 부리 헐떡거리며
생을 부여잡는 닭들에게
죄를 짓는 하루다

나비를 위한 시

나비야, 지금 떠나자. 시작은 언제나 빈손이다.
굳은 관목을 버리고 바람 부는 날 호숫가로 가자.
호수에는 비와 바람과 햇볕과 시간의 더께를 품은 조각배 있다.
어서 그 배에 오르자. 허공의 모든 달빛을 배위에 쓸어 담고,
남은 달빛은 호수에 뿌려놓고, 그래도 남은 달빛 있거들랑
산마루에 걸어놓고,
지친 열망의 포충망에서 보냈던 술과 눈물의 밤은 잊자.
그대 날개 빛으로 물드는 호수가 얼마나 아름다우랴.
그대 모습 일렁거리는 호수에 옛 현인의 넋이라도 만난다면
그 또한 얼마나 벅찬 순간이랴.
서러운 역사품은 작은 조각배 타고 가만가만 노래 부르자.
소곤거리며 내일을 이야기하자.
그리고 새벽 넘어 호수에 해 뜨거들랑 푸른 벌판을 향해 날아오
르자.
나비야, 지금 떠나자.
시작은 언제나 빈손이지만 훗날 역사는 기억하리니.

3부

참깨 밭에서

소금꽃

처음으로 겪어보는
쓴 내 나는 유격장

노란 하늘

쓰라린 눈가에서
자꾸 어른거린다

어머니 등허리에
맺혀있는 소금꽃

사랑별

수양산*에 노을 지고
샛별 떠오르면
흙 묻은 장화를 털고
하늘을 바라볼래요

노을빛 하늘 어두워지고
하나둘 별이 뜨면
멀리서 노래 소리 들려요

다 지나간 일인걸요

원망도 애증도
여름 햇살 한줌도 안 되는 것을

그냥 이렇게
해와 구름, 노을을 사랑하니
오늘 사랑별이 뜹니다

*수양산: 부안군 하서면 장신리에 있는 산 이름.

호빵

낡은 포대기 너머로
한 소녀
뜨거운 호빵 하나
호호 불어 아가에게 물려주고

발갛게 언 빈손을
호호
불고 있다

올 겨울이
눈물겹도록 따뜻하다

입춘(立春)

봄이 온다는데

얼었던 그대 마음도
이제 풀렸으면 좋겠다

인주(印朱)와 립스틱

너는 가고
나만 혼자 남아 있다

쓸쓸한 어둠이
서릿발 되어 스며드는 밤을 견디기 위해
등잔을 켠다
가물거리는 등잔 빛에서
너의 젊음을 반추한다

너와 나의 약속
수십 년 간 눌러 쓴 인주처럼
짓눌려진 채로
세월에 일그러진 패인 얼굴로
얼마나 많은 이별과
덧없는 약속을
한 줌 재로 태워보내야 했는지…

아무렇지 않은 듯
서랍 한 귀퉁이
차마 버리지 못하고 남아 있는

일기장 위에
붉은 핏빛을 남긴 채
너는 가고
나만 혼자 남아 있다

칠월 칠석에

사랑의 죄가 이리 클 줄 몰랐어요
방랑으로 지친 그대여,
그리움에 두근거리는 가슴과
늘 반짝이던 눈빛이
은하수 물결에 아른거리는 날,

오늘은 어둠의 고독 속에서
일 년 밤낮없이
그대 그리며 한 땀 한 땀 수놓은
변산 노을을 곱게 펼쳐 입고
은하수 강가에서
목 놓아 그대 이름 부르겠어요

지친 그대, 오작교 다리 건너
푸른 신호등을 보세요
아름다운 인연의 윤회를
밤하늘에 펼치는
별들의 사랑을 보아요

사랑은 죄가 아니지요
고통의 무게를 끌어안고
수십 광년 멀리 떨어진 별들도
저렇게 만나는데,
운명으로 사랑하는 그대가
오늘은 사무치게 그리워요

참깨 밭에서

전쟁의 나라가 없어졌으면 좋겠다
매일매일 꽃향기가
담장 위로 피어오르고
아침밥을 짓는 고소한 냄새가
온 마을에 가득 찼으면 좋겠다

저 병정이 부는 나팔이
참깨 꽃으로 변했으면 좋겠다
난무하는 포탄과 총알대신에
벌과 나비가 날아다녔으면 좋겠다

산마다 들마다 길거리에도
화약 냄새 대신에
참깨 익는 냄새 피어났으면 좋겠다
피비린내가 아닌
고소한 참기름 냄새가 풍겼으면 좋겠다
밤이면 번쩍이는 섬광을 뿜으며 날아가는 불빛대신에
여무는 참깨 밭에서 반딧불이 떼로 날아다녔으면 좋겠다

병정의 진군나팔이 멈추고
꽃잎 진 자리마다 포탄 같은 열매 맺혔으면 좋겠다
저 날아다니는 포탄과 총알들이
참깨꼬투리로 주렁주렁 달렸으면 좋겠다

온 가족이 밥상에 둘러앉아
참깨 고소한 파편들로
입안을 가득 채웠으면 좋겠다

옥상의 달

얽혀진 길
보이지 않아
옥상에 올라 밤하늘 바라보니
뒤 안 장독대 정화수에
흔들리는 어머니 얼굴이 있었다

정화수로 목욕하여
맑게 빛나는 달
뭇 어머니의 간절한 기도를 먹고
보름달이 되었는가

아프게 부는 도시의 바람통에서
보이지 않던 길이
불끈거리며 일어서던 밤

구름 사이로 드러낸 고향의 달이
염원을 다독이며
어머니처럼 사위어가고 있었다

엄마의 꽃밭

마당의 화단이 없어졌다
꽃을 좋아하는 엄마는
아끼는 화단을 처분하고
햇살을 담을 빈 공간을 마련하였다

여름내 햇살에 익어간 고추가
마지막으로 엄마의 꽃밭에서
꽃처럼 피고 있었다

늘 그늘 속에도
햇살을 담기위해 비워두었던
엄마의 화단에는
가을햇살이 화사하게
모여들고 있었다

서암정사

백두대간 한 줄기
어머니로 품으로 보듬은 지리산 한 자락
햇살과 비와 바람이 철따라
무심꽃을 피운다

아픈 원혼들이 떠도는 터에서
그대 부처님 영감 받아
서암정사*로 화엄을 발현하는가

생명을 얻은 바위와 함께
태곳적 맑은 바람을 맞는 아늑한 품에서
난 부처님 뜻 몰라도
그대 해탈한 건 알겠더라

*서암정사: 경남 함양에 지리산 속에 작은 사찰로 바위와 석굴에 새
긴 조각들이 불교 예술의 극치를 보여준다.

살구꽃 피는 밤

빗소리 참 곱다
그리운 님
꽃비 따라 오시려나

살구꽃 피는 밤
기다리던 고운 님
꽃그늘 우산 삼아
꽃신 신고 오시려나

분꽃

그 해 여름의 사랑은 매미울음이었다
머뭇거리던 파도가 찬바람과 함께 오자
마지막인 세상인 것처럼 격렬히 울어대던 매미도
계절이 바뀌었음을 알고 울음을 그쳤다

그 뜨겁던 사랑이 식어버린 벤치에서
너에게 사랑의 부고장을 쓴다

매미울음보다 더 치열했음을
달리 표현할 방법을 몰라
분홍빛 엽서를 골라
새까맣게 타버린 내 심장을 너에게 보낸다

아스라한 사랑은 분홍빛인가
무심한 장례식장
검은 상주복 너머로
첫눈 같은 슬픔이
새까맣게 뭉쳐있는 것을 너는 모르리

한 번 피고 지는 꽃도
사리가 있음을

보슬비

동구 밖
개구리 울음
그쳤으면 좋겠다

앞집 삽살개
왕왕 목 터져라 짖고

대문 앞 풀벌레소리
뚝 그쳤으면 좋겠다

그리고
보슬비 속에
그대 발자국소리
들려왔으면 좋겠다

오늘 밤에는
꼭 꼭
그랬으면 좋겠다

바람에 대한 단상(斷想)

순수(純粹)는 이슬이 아니라 바람이었어
순수는 비가 아니라 바람이었어
시궁창 냄새 나는 바람도
가축분뇨가 풍기는 바람도
네게서 풍겨오는 향기도
바람은 그대로를 전해줄 뿐

그게 순수한 거지
참을 거짓으로
거짓을 참으로 포장하여
바람을 시험하지 마

결국 그 바람은 회오리 되어
더 큰 나락으로 내동댕이칠거니까

바람불지 않는 날은 어떡하냐고
그건 바람이 가만히 숨죽이며
나를 감시하는 거야
나의 냄새를…

목련꽃 지던 밤

그리운 가족
그리운 동무들
그리운 고향산천

북천(北天)을 보며
내내 가슴 앓더니

그예 북망산(北邙山)에 오른
아재
봄 되면 목련꽃이
북천으로 향해 피우다가

어젯밤
비바람에
뚝뚝 소리내어 울던
그대 북천(北天)꽃*이여!

*북천꽃: 목련 꽃봉오리가 항상 북쪽하늘을 향해 피어나는 형상을
발견하고 명명함.

침수(沈水)

1.

세월이 가면 우스운 것이다
유년의 흉터를 간직한 채
그들이 신(神)이라 불렀던 뿌리가
폭우에 부러진 줄기 핥으며 떠나는 물풀들의 소식을 들으며
바람 한 조각에도 바래버릴 신문을 들고
다리에 서면 잡힐 듯— 하나
이미 잉태할 수 없는 씨앗들

X—레이 투시로도 볼 수 없는 화석들이
안주 없는 술 속에서 꿈틀거리고
잿빛도로, 아지랑이 속에 달아올랐던 불볕 여름
평행인 황색실선과 백색실선의 무한대로의 발산…

밤이 되어
좌표의 원점에서 후들거리는 무릎을 끌어안으면
밤거리를 장악한 군화발의 울림과
침침한 백열등 밑에서 들려오는 나지막한 노랫소리가
교차하는 어둠의 거리에서
숨죽이는 우리들의 사랑

잠든 머리 맡
밤새 안경알을 닦으며
사춘기를 달래는 어머니의 침묵을 듣는다

2.
보지 못한 것은 나의 근시안 탓이었을까
베갯머리 눈물 삼킨 죄로
사랑을 알아버린 화석이
목 늘여 세는 하나, 둘, 셋… 도로의 표지판과 경고문
아아, 다리도 발끝으로 서 있는 것을

부끄러움 일부러 자랑하며
추워질수록 옷을 벗는 나무를 본다
갈라진 도로 틈새, 부실의 상처에
부질없이 돋아나는 새싹을 애써 외면하며
강 너머에 눈물을 심고 돌아서면

지난 폭우에 큰물 일어
몸뚱이 잃은 뼈가 펄럭거리며 몸부림칠 때도 있지만
시간이 지나면, 다리는
흉터 하나 먹고 다시 그 자리에서 발돋움하고 있는 것을…

독도, 그 외로운 밤에

어젯밤 너의 거친 숨소리가 들었네
가엾은 어미 뒤를 쫄랑거리며
따라오다 뒤처진 너를
하이에나는 자꾸 물어뜯으려 배회하였네

이제야 네 맘을 알았네
동천(東天)
맨 앞에서 날마다 첫해를 맞으며
영광의 빛을 전하기 위해
거친 풍파와 외롭게 싸워왔었구나

이제야 네 모습이 보이네
할퀴고 간 발톱
상처 아물기도 전에
어둔 밤이면 으르렁대는
하이에나 울부짖는 소리
세월이 하 수상해

거센 풍파, 깜깜한 밤에
발만 동동 구르고 있는
절박한 네가 이제야 보이네

꽃 소식

죽어가던 수국에 꽃봉오리 돋아납니다
살아야겠다는 몸부림이겠지요
그대에게 엽서를 띄웁니다
무덤덤히 지나칠 그대일지라도
제 계절을 찾아 피우는 꽃잎처럼
경건한 마음으로 엽서를 띄웁니다

-부디 건강하시길,
 부디 행복하시길-

달이 가면 또 다른 꽃이 피어나겠지요
지는 꽃들은 땅에 씨앗을 묻고
다음을 기약합니다
꽃이 피면 그 소식을
가장 먼저 그대에게 보내렵니다

지는 꽃도 아름답다

봄꽃이
하릴없이 지는 날
그 아름다움이
똑똑 떨어지는 날
꽃이 지는 건
바람 때문이 아닌걸 알았다
비 때문도 아님을 알았다
꽃은 낙화할 날을
기다리고 있었던 것이다
지는 꽃이 얼마나
아름다운가
보이는 곳에서나
보이지 않는 곳에서도
꽃은 화려함을 스스로 내려놓고
더 위대한 꿈을 키우고 있는 것이다
잉태한 아내가
화장을 지우고
헤비메탈 대신에 태교음악을 듣는 날
청춘이 거룩하게 지고 있었다

4부

감꽃엽서

오리 기르기

창공을 잃은 독수리가 방안에 갇혀 피아노를 치고 있다. 피아노 음색이 탁탁 끊어진다. 그늘진 학원 선생을 뒤로하고 독수리는 사자가 되기 위해 태권도 학원으로 간다. 솜털이 보송보송한 사자는 가냘픈 기합을 날리며 발차기를 한다. 성공하기 위해서, 남보란 듯이 행복한 삶을 위해서는 현재의 행복은 사치다. 고단한 사자는 고래가 되기위해 영어학원의 어두운 계단을 오른다. 먼 바다를 항해하기 위해서는 공용어인 초음파가 필수조건이기 때문에⋯ 아이는 이제 날 수도 있고 헤엄도 치고, 땅에서도 살아가는 방법을 터득했다. 하루를 마치기 전 피곤에 지친 아이의 뒷모습이 오리처럼 뒤뚱거린다.

오리가 이제 미술학원도 간다.
오리가 이제 골프연습장에도 간다.
오리가 초음파대신 낮은 울음을 배운다.
행복을 저당 잡힌 아이의 뒷모습이 더 뒤뚱거린다.

잡초

뽑아내고
잘라내도 참으로 질긴 인연이다

텃밭에 가족이 먹을
각종 채소 여남은 포기씩 심어놓고
며칠 한눈 팔면
채소 밭인지 잡초 밭인지
경계가 모호하다

기다리는 소식은
오지 않고
지우고 지워도
매일 매일
제 집처럼 먼저 자리 잡고 있는
스팸 메일, 스팸 문자
낯모르는 악성 코드들

유튜브, 카톡, 밴드, 페이스북
진실과 가짜가 모호한 세상
내가 주위의 잡초가 되지 않기 위해선
정신 바짝 차려야 될 세상이다

풍년가 3

서리 더 맞기 전에
눈발이 내리기 전에
산까치 더 콕콕 쪼아대기 전에
거두어야지
보물단지 먹시감

먹시감 따서
예쁘게 포장하여 출하도 하고
곶감도 깎아
설 명절 장도 보고
아들 등록금 보태야지

마지막 서리태 거두었다는
이웃 마을 상 일꾼
겨우 겨우 모셔 와서
석양에 아픈 허리 주무르니
온종일 겨우 열 상자

가락시장 문자 통보
20㎏ 한 상자 경매가격 단돈 만 원
일꾼 하루 인건비가 17만 원인데

농사 짓기가
호랑이보다 무섭고
곶감보다도 무섭네
한 여름 팥죽 땀 값은 고사하고
퇴비 값이나 아낄 걸

단풍 구경 온 도시 행락객
이 산자락 경치 좋겠네
산까치야 너나 먹어라
애물단지 똥감

감꽃엽서

늦서리 지나
눈보라 치는 계절임에도
홍시는 흔들리면서 중력을 거부한다
주인이 외면한 감나무마다
까치들만 분주히 들락거린다

겨울 문턱의 해 그림자는
감나무 고목 밑에 팽개쳐진
장대보다도 짧은데
무심히 찻물 올리다가
창틀에 끼워진 감잎을 주워
안부 편지를 쓴다

격렬했던 지난날 사랑의 흔적이
붉은 멍울로 남아있구나
그대가 떠나간 뒤
빈집에 쌓인 우편물처럼 창가에서
그날의 이별처럼 떨고 있었구나

세월이 지나도
늘 그리움으로 남아있는
감꽃 향기처럼
지난 봄날의 우리 사랑이
그러하였나니

찻잔에 녹아든
추억은 은은하게 떫었고
그 언덕 까치발목으로
기다리던 계절은 시리기만 하다

올 봄엔 감꽃아!
빨리 져라
감꽃 향기 방 안에 스미면
또 몇날 며칠 밤잠 이루지 못하리니

추석맞이

추석이 내일모레
목욕을 해야지
그동안 내 안에서 돋아난
묵은 때를 씻어내고

추석이 내일모레
이발도 해야지
그동안 거칠었던 마음
정갈히 깎아내 버리고

추석이 내일모레
벌초는 해야지
조상님의 역사를 거칠게 한
지난 시간 참회해야 하지

아파트 청약 전화

봄이면
저 들꽃

여름이면
저 초록

가을이면
저 단풍

겨울이면
저 백설

다 내 거라네
이만하면 나는 되었네

홍시

초록의 세월을

모두 보내고서

떫은맛을 우려내고

비로소 단맛을 새기는

황혼의 환희다

인생은 속도전

하루가 다르게 변하는 시대 앞에
숨 가쁘게 달려도 달려도
세상은 저만치 더 멀어진 듯하다

이제 해는 뉘엿뉘엿 서산에서 머물다

노을구경이나 하자고 떠나는 길
내비게이션 빠른 길 안내 받으니
새로 난 전용도로에는
마을은 보이지 않고
표지판과 단속카메라만 눈에 찬다

들길에서 개울에서
등하교 길에 해찰하며 웃던 아이가
노을구경 마치고 오는 도심엔
학교에서 학원으로
밤늦게까지 앞만 보고 가는
아이들의 근심이 내 주름살보다 더 깊다

그대 그리운 날이면

1.
그대 그리운 날이면 산 위에 올라
그대의 노래 나지막이 불러보네

둘이서 오르던 산길
그대 손은 따뜻했었지

하얀 연꽃처럼 순백의 등불을
내 가슴에 밝혀두고 떠나버린 그대여
속절없이 가버린 세월이 야속하네

아!
그러나 그대는 항상 내 곁에 있네

그대 모습 사무치는 날이면
변산 노을 속에 그대가 있네

그대 노랫소리 그리운 날이면
채석강 파도소리가 나를 채우네

2.
그대 꿈꾸는 날이면 강가에 서서
그대의 얼굴 하염없이 그려 보네

둘이서 거닐던 강둑
우리 언약 아로새겼지

봄 아지랑이처럼 애타는 사무침만
내 가슴에 남겨두고 떠나버린 그대여
그대는 스쳐가는 바람이 아니었네

아!
영원히 그대는 항상 내 곁에 있네

그대 모습 사무치는 날이면
변산 노을 속에 그대가 있네

그대 노랫소리 그리운 날이면
채석강 파도소리가 나를 채우네

세월호, 그 쓸쓸함에 대하여

쓸쓸하여라
차가운 심해에 버려두고 가슴에 묻은 꽃들의 무게를 이기지
못하여
십자가 메고 걷고 또 걸어가던 통탄의 육신, 이글거리는 아스
팔트의 열기마저 쓸쓸하여라

안타깝구나
그 두려움과 공포와 깜깜한 절망, 어디에도 없었던 희망을 기
다리던 청춘들이여,
간절한 염원들이여, 절망의 벼랑 속으로 아득히 멀어지던 노
란 리본들이여!

부끄럽구나
눈물의 거짓맹세를 애써 위안삼고 갈망하던 여린 풀꽃들이여,
돈을 위해 생명을 담보잡고 권력을 위해 생명을 짓밟던 무리
를 향해 바라왔던
공허한 외침들이여,
먼저 살겠다고 버려두고 떠났던 권력자들의 화려한 역사들이
참말로 부끄럽구나

감사하여라

감히 부르기가 벅찬 이름들이여, 김기웅, 김동수, 남윤철,
박지영, 박호진, 양대홍, 이광욱, 정현선, 정차웅, 최혜
정… 이 세상이 아름다운 건 그대들 덕분이라고,
의인은 멀리 있지 않고 가까이에 있었음을,
그래도 이 세상이 살만한 가치가 있었음을 깨닫게 해 준 그
대들이 감사하여라

울고싶구나

하늘은 없었다
원칙을 지키지 않는 무리들이 원칙을 내세우는 뻔뻔함이
지배하는 세상,
권력을 위해 흘리던 권력자의 거짓 눈물들…
창해가 육지 되고 육지가 바다로 변하지 않는 한 잊어가고
빨리 잊혀져가길 원하며
다시 반복되는 망각의 역사를 그대로 물려받아야 할 후손
들이여!

상실의 시대

답답했다
노래방이 생긴 이후로
모니터 없이 제대로 부르는 곡이
이제 한 곡도 없다는 것을 알았을 때

답답했다
핸드폰 집에 두고 온 날
저장된 번호를 꺼내 쓰던 것들이
일상화되어서인지
심지어 마누라 연락처도 제대로 기억나지 않아
더듬거릴 때

누군가에게
다른 것에게
의지하여 퇴화되는 것들

정말 답답한 것은
과년한 딸이 공주(空土)*되어
구직할 마음도 없고
시집갈 마음도 전혀 없이

하루 종일 집에서만
뒹굴거리고 있을 때

*공주(空主): 사전에 없는 말. 빈털터리 사람이란 뜻으로 지어낸 단어임.

살구꽃 엽서

네가 준 엽서를
받고서야
비로소 앞마당에 살구꽃이
핀 것을 알았다.

아직 잊지 않았구나
고맙다
살구꽃 필 때면
네가 그립겠다

발화(發華)를 기다리며

가시려면 가세요
여름 소낙비에 뿌연 뒷모습도
남김없이 가지고 가세요

오시려면 오세요
빗방울 금낭화 꽃눈 아래
방울방울 맺힐 때
그 눈물 거두면서
큰 우산 쓰고
성큼성큼 오세요

광야에서

집 떠나는 대문 앞
노둣돌 있네
어제는 보이지 않던
노둣돌 있네
지난 밤 가슴 치며
통곡하던 님
그 마음 난 모를까
외면하던 밤

왜 떠나야 하는 지
이미 알기에
잠 깰까봐 두려워
몰래놓는 돌
님이 꿈꾸는 나라
나도 알기에
이별을 알고서도
보내는 심정

창공의 푸른 연처럼
바람을 향해
세상의 평화위해
말을 달리네
하늘에 기도하며
놓은 노둣돌
흙바람 눈보라에
말을 달리네

날품팔이

하루 산다고
하루살이가 멸망하는 것은 아니다
오늘 죽는다 해도
내일이면 개천에서도 여울에서도
다시 태어나는 벌레라고
족보 없는 놈이라 욕하지 말라

나이테 없다고
풀이 역사가 없는 건 아니다
바람에 별이 지고
무서리 뒤덮는 산하에
계절은 바뀌고 다시 그 계절이 오는 날
바람 속에서도 얼음장 밑에서도
꿋꿋이 새싹을 올리는 풀을
역사가 없다고 핍박하지 마라

하루 산다고
하루살이가 멸망하는 건 아니다
개천에서도 여울에서도
하루살이는 다시 태어나고

바람 속에서도 얼음장 밑에서도

죽지 않고 꿈틀거리며

성하(盛夏)의 계절을 꿈 꿀 것이니

까치

이 사람들아
내가 뭘 잘못을 했누
태초부터 그렇게 살아왔거늘

내가 변한 게 아니고
자네가 변했는데
돈 때문에 나를 범죄자로 몰아
글쎄 현상금까지 걸었네 그려

조상들에게 듣기로는
먹고 살기 힘들어도 인심 넉넉하여
열매 한두 개쯤 우리 몫으로 남겨두고
원수지간인 구렁이도
대들보에서 품고 살았다는데

배 고픈 건 참아도
배 아픈 건 못 참는 세상
그대 굶지 않는데도
무엇이 불안하여 욕심내는가

돌아가신 지 십 년 넘어도
섣달 초이레
이웃집 제삿날 아직도 생생히 기억하네
이왕 지내는 제사
배고픈 이웃 몫으로 한 줌 쌀을 더 익히던 떡시루가
찬바람만 이는 세상

감나무에 서리도 오기 전에
찬가지만 남기고
화려하게 포장되어 도시로 실려 가네
싸리 울타리 사이로 나누던
정이 그립네

다짐

냄새 찾는 파리보다

향기 찾는 꿀벌이 되리

폭포

낮은 마음으로
직진하라

마지막까지 모든 것을
쏟아 부어라

그러면
너도 아름다우리라

그대를 사랑해야지

그래
모든 것이 우리를 거부하더라도
그대 숨결 그대 힘겨운
어깨 부둥켜안고
그저 마냥 울고 말지라도
그대,
비틀대는 발걸음 아래 뉘어져
숨조차 쉴 수 없이 고통스러워도
그대를
내 가슴에 품고
함께 한 번 세상 위에
네 날개 펼칠 수 있다면
그대를 만나야지

그대를 만나야지
새벽 비수 같은 혹한과
눈보라너머 내게 이보다 더한 버거움이
달려들어 내 심장을 헤집어 놓을지라도
그대,
웃음 한번 보듬을 수 있고

그대 미소 한번 품을 수 있다면
그리하여… 내가
영원히 다시 세상의 빛 끝에 벼려질지라도
그 어둠 안에서 또 다른 세상조차
내게 주어지지 않는다 할지라도
그대를 만나야지

그대,
그대를 사랑해야지
다신, 내가 이 땅에
존재조차 희미해져 아무도 날
기억조차 해내지 못하고
연기처럼,
잊혀진 전설이 될지라도
나,
이 순간 그대를
사랑해야지

기세원 시인의 변산별곡

정군수(시인·평론가)

1. 만남

기세원 시인은 변산 바람꽃이다. 변산 바람이 있어야 흔들리는 꽃이다. 바람이 불어오는 쪽으로 몸을 맡기고 때로는 고요하게 때로는 사정없이 흔들리다 그 바람을 먹고 뿌리가 내리고 키가 자라고 꽃이 핀다. 봄은 멀었는데 추운 바위틈에 뿌리를 서리고 피는 토종꽃이다. 변산의 하늘과 물과 안개의 정기를 받아 정갈하고 담백한 향기를 만든다. 아무에게나 다가가지 않고, 가장 순하게 살아온 사람을 알아보고 향기를 내어주는 꽃, 이 산 저 산 옮겨 다니며 피지 않고, 다른 꽃과 희희덕거리며 피지 않고, 고즈넉하게 피어도 외로움 타지 않고, 구름 흘러간다고 사람 따라나서지 않는 꽃이다.

기세원 시인은 천생 부안 시인이다. 부안에서 나고 자라고 초중고등학교를 다니고, 대학과 군 복무를 빼고 그의 삶은 부안에 뿌리박혀 있다. 정년이 눈앞인데도 처음 부안에 직장을 잡은 그대로 지금도 부안에서 생활하며 그 직장에

나가고 있다. 텃밭을 가꾸며 호박 시도 쓰고 참깨 시도 쓰고 달팽이 시도 쓰며 살고 있다.

나는 부안고등학교에서 학생 기세원을 만났다. 나는 기세원 학생의 3학년 담임이었고 국어를 가르쳤다. 그때만 해도 나는 젊었다. 내변산 의상봉을 한나절이면 오르내렸고, 월명암 정상을 종주하였다. 기세원 학생은 공부도 잘하였고 글도 잘 써서 문예부장을 하였다. 단정한 용모와 오뚝한 코가 인상적인 학생이었다.

봄이 오고 있었다. 나는 학생들을 데리고 교문을 나와 매창 뜸을 지나 공동묘지를 찾아갔다. 논두렁에는 자잘한 야생화가 피고 물꼬에서는 눈금쟁이들이 잔물살을 냈다. 가시넝쿨과 억새밭과 많은 무덤을 지나자 그곳에 매창묘가 있었다. 찬 빗돌에 대병 소주 한 잔 따라 놓고 나는 절을 하고 학생들은 묵념을 했다. 그리고 "이화우 흩뿌릴 제 울며 잡고 이별한 님" 매창의 시조를 낭송했다. 그 시조는 내가 가르치는 국어 교과서에 나와 있었다. 학생들은 귀를 쫑긋 세웠다. 현장 수업은 교실에서보다 진지하고 재미있었다. 매창의 시조를 그 묘 앞에 사랑하는 학생들을 모아놓고 수업한 것은 아마 내가 처음이 아닐까? 또 부안의 시인, 신석정 시인님의 "어머니, 그 먼 나라를 아십니까"를 목청 높이 외웠다. 석정 시인님은 나의 고등학교 은사님이셨다.

그 뒤 수십 년이 지나고, 하늘의 별들이 변산으로 모이고 흩어지기를 또 수십 번, 기세원 학생은 시인이 되어 옛날 국어 선생님 앞에 나타났다. 나는 기쁘고 감동할 뿐이었다.

2. 변산 바람꽃 시인

기세원 시인의 시를 읽고 처음 받은 느낌은 '시어의 절약'과 소박함'이었다. 나를 나타내기 위하여 시어에 맛을 첨가하거나, 채색의 덧칠을 하지 않았다. 태생의 땅에서 키워온 시어에서는 그 땅의 흙냄새와 바람 냄새가 났다. 기세원 시인이 키워온 시의 마디마디에서는 식물성 냄새가 났다.

무지개의 빛깔은 숫자로 헤아리지 못할 스펙트럼의 많은 색소로 이루어졌다고 한다. 그러나 우리나라 사람들은 일곱 가지 빛깔로 구분하지만, 아프리카 라이베리아의 밧사 인들은 둘로, 로데시아의 쇼나 인들은 셋으로 구분한다고 한다. 객관적으로는 동일한 무지개의 빛깔이지만 이렇게 나라에 따라 다르게 보는 것은 언어가 그들의 사고를 만들어내기 때문이다. 기세원 시인의 언어도 그의 사고를 만들기 때문에 그는 자기 언어로 생각하고 자기 언어로 시를 쓴다. 기세원 시인은 변산에서 붙박이로 살아와서 그가 쓰는 시어는 변산의 물처럼 바람처럼 부드럽고, 수식이 적은 언어로 되어있다. 변산의 언어로 시를 쓸 때는 무지개의 일곱 가지 빛깔이 다 필요하지 않다. 많은 수식어가 붙은 시어는 도시와 기계문명에 필요한 시어들이다. 아프리카 라이베리아의 밧사 인들이나 로데시아 쇼나 인들처럼 둘이나 셋의 언어로도 변산의 정서를 나타내는데 부족함이 없다. 오히려 많은 언어를 끌어다 수식하는 것보다 단순한 시어가 더 깊은 생각을 만들어낸다. 변산의 자연 풍광을 그리는데 어찌 도시 문명에 필요한 기교가 필요할까? 최소의 빛깔로 그려낸 들꽃처럼 그의 시는 변산의 삶을 그려내는데 부족함이 없다. '변산의 시'에서는 무지개의 일곱 가지 수사를 지워버린 두 개의 수사로도 충분하다.

누구를 찾아 왔나요
아직 겨울 한파 맴도는 바위틈에서
꽃 피는 봄은
아득하기만 한데
불쑥 찾아오시면 어찌 하나요

매화 미소 머금고
이 한파에 찾아오신 님
따뜻한 구들장 아랫목
그대에게 내어준대도
한사코 마다시며 찬 바위 고수하시면
내 맘은 어찌 하나요

손잡고 같이 갈까요
꽃 피고 새 우는 아늑한 나라
그래요
이왕 일어선 김에

함께 만들어 가십시다
그대 그리는 봄 나라를

−「변산 바람꽃」 전문

봄이 오기 전 차디찬 바위틈에 뿌리를 서리고 꽃을 피운 '변산 바람꽃'은 시인의 눈을 번쩍 뜨게 한다. 인고의 시간을 견디고 피어난 꽃, 다른 꽃들은 봄볕이 한창일 때 앞을 다투어 피어나는데, 아직 겨울 한파 맴도는 계절에 불쑥 찾아온 꽃, 시인은 놀라움으로 꽃을 바라보고 있다. 이 시가 존칭의 대화체로 쓰인 것은 꽃의 삶이 시인에게 경외감으로 다가왔기 때문이다. 그리고 매화 미소 머금고 찾아온 꽃에게 아랫목 구들장을 내어준대도 한사코 찬 바위를 고집하는 그 고결함에 시인은 자기를 내던진다. 자신의 소망을 말하고 싶은 대상을 비로소 찾은 것이다. "꽃 피고 새 우는 아늑한 나라" "그대 그리는 봄 나라"는 인류의 보편적 소망이며 시인이 꿈꾸는 낙원이다. 변산 바람꽃은 시인이 찾고 바라던 삶의 푯대이다. 이제 둘은 손을 잡고 차디찬 바위산을 걸어 새로운 세상을 찾아갈 것이다.

「변산 바람꽃」에서 시인의 목소리는 진실하고 순수하다. 일곱 가지 빛으로 수사된 언어가 아니라 최소의 언어로 정선된 시어로 쓰였다. 두 개의 무지갯빛만으로도 정서와 의미를 전달하는 데 아무 부족함이 없다. 언어가 사고를 만든다는 명제를 충분히 증명하고 있다.

한편 이 시의 겉은 '변산 바람꽃의 삶을 경외하는 모습'을 그렸지만, 그 안은 '변산 바람꽃처럼 살고 싶은 염원'을 나타내

고 있다. 이러한 뜻을 실현하기 위하여 시인은 변산 바람꽃에
게 인간의 생명을 부여하는 의인법을 사용하였고, 감정이입
으로 시상을 반전시켰다. '내'가 '너'가 되고 '너'가 '내'가 되는
시상으로 바꾸어 놓았을 때 시가 지향하는 감동은 크다. 그러
므로 '변산 바람꽃'은 시인 자신이며, 또한 시인은 '변산 바람
꽃'으로 다시 태어난 것이다. 주제도 '변산 바람꽃처럼 살고 싶
은 염원'이라고 보아야 할 것이다. 이처럼 시에서 의미를 넓히
는 일은 시인이 추구하는 자기 언어에서만 가능하다.

3. 변산 달팽이 시인

(1연, 2연 생략)

바람이 불면

달팽이의 몸에서 서걱거리는 소리가 난다.

축축한 촉수에 남아있다.

더듬거리던 사랑

달맞이꽃이 노랗게 몸속에 스며들던 밤

그는 밤새 달까지 도달해야 할 거리와

시간을 계산했다. 눈꺼풀이 무겁게 내려앉는다.

입을 다문 꽃대궁에서 바람이 일고

굳게 닫힌 낡은 대문을 두드린다.

이제는 오실 이 아무도 없는데

바람은 두드린다. 잡초 우거진 대문이 흔들린다.

이 바람이 비를 몰고 올 거라는 건 직감으로 안다.

그 비가 천둥처럼 네 귀를 두드릴 거라는 것도 직감으로 안다.

이 바람이 지나면

달팽이는 추녀에서 나와 고단한 무릎을 쭉 필 것이다.

서걱서걱 소리를 지우고 껍질은 더 단단해질 것이다.

바람소리에 불면의 밤이 더 길어질수록

음습한 추녀를 거부하고

달팽이는 낮이면 달맞이꽃 꽃술에서

밤이면 해바라기 씨방에서

두 귀를 세우고 꿈을 꿀 것이다.

바람이 불면 달팽이는 깨어난다.

–「바람이 불면 달팽이는 깨어난다」 일부

이 시는 기세원 시인의 표제작이다. 이 시에서도 「변산 바람
꽃」처럼 시인은 바람이 불면 '변산 달팽이'로 태어나고 싶은 소
망을 노래하였다. 그의 몸속에서 서걱거리는 소리가 나게 하
고, 촉촉한 촉수를 더듬거리며 누구도 정의를 내리지 못하는
사랑을 찾아가게 하는 것도 변산의 바람이다. 바람은 바람의
의미를 거부하며 오직 달팽이에게만 "달까지 도달해야 할 거
리와 시간"을 계산해 준다. 달맞이꽃 속에서 노랗게 물든 밤
을 새우고 바람의 척도를 따라 달팽이가 도달한 곳, 그곳은 꿈

이 실현되는 곳, 둥근 달이 아니라 잡초 우거진 달팽이의 대문이었다. 이러한 착상은 시인의 삶의 지향점이 가장 높고 아름다운데 있는 것이 아니라, 낮고 소박한 고향마을에 있음을 암시한다. 시인이 걸어가는 길이 어디인지 상상으로 보여준 의미 있는 표현이라고 할 수 있다. 달맞이꽃과 달의 상관관계를 이어놓은 것은 삶의 시각적 효과를 가져오기 위한 장치라 할 수 있다.

이 시에서 가장 많이 나오는 시어가 '바람'이다. 바람은 길을 떠나고 싶은 자유로운 영혼이며, 그를 흔들어 깨우는 각성이며, 절망을 일으켜 세우는 용기로 나타나기도 한다. 그러나 때로는 천둥과 벼락을 몰고 오는 역경으로, 불면의 밤을 새우게 하는 시련으로 나타나기도 한다. 긍정과 부정의 바람은 시인을 단단하게 하고 해맑은 얼굴로 아침을 맞이하게 한다. "달팽이는 추녀에서 나와 고단한 무릎을 쭉 필 것이다" "서걱서걱 소리를 지우고 껍질은 더 단단해질 것이다" "낮이면 달맞이꽃 꽃술에서/밤이면 해바라기 씨방에서/두 귀를 세우고 꿈을 꿀 것이다"처럼 변산의 바람은 '변산 달팽이'를 거듭 태어나게 하는 힘을 가지고 있다. 한없이 시의 경계를 넘나드는 변산 바람이 있어 기세원 시인은 껍질을 벗고 다시 태어나고 자유로운 영혼이 되어 길을 나설 것이다.

이처럼 '내'가 '너'가 되고 '너'가 '내'가 되는 감정이입이 있어 시인은 '변산 바람꽃'으로 '변산 달팽이'로 태어난다. 이러한 변이과정은 손에 잡히지도 않고 눈에 보이지도 않는 변산의 하늘과 바람이 있어서 가능하다.

4. 변산 참깨 밭 시인

「참깨 밭에서」를 읽어보면 시 전문이 유추에 의한 배열이 잘된 시라는 것을 알 수 있다. 유추는 두 사물 사이의 상관관계를 이어놓는 것이기 때문에 상상력이 있어야 가능한 일이다. 상상력이 뛰어날수록 유추는 깊어지고 빛을 발한다. 시는 다른 장르의 예술과 달리 정서적으로 표현되고 파악하는 특성을 갖는다. 즉 대상을 분석하거나 논리적으로 바라보는 것이 아니라 시인의 정서적 움직임의 방향에 따라 파악하게 된다. 시인은 주관에 따라 대상을 유추하기 때문에 상상력은 시의 샘물이라고 말할 수 있다. 또한 상상력이란 눈앞에 없는 사물의 이미지를 만드는 정신력을 말하며, 시를 창조하는 근원적 능력이라 할 수 있다. 에머슨은 이것을 '시의 생명'이라 말했고, 낭만파 시인들은 "시는 과학적 진실과 다른 아름다움이며, 그 아름다움은 사물이 아니라 상상된 것 속에 있다"고 규정하였다. 시에 있어서 유추는 두 사물 사이의 상관관계의 길을 열어주는 물길과 같다. 이 물길의 흐름이 넘칠 듯 넘치지 않으며, 보일 듯 보이지 않아야 시의 생명은 가치 있는 것으로 살아난다. 넘치면 너무 깊어 의미를 헤아리기가 어렵고, 보이면 너무 맑아 오묘하고 그윽한 맛이 사라지기 때문이다. 낯설기가 너무 깊으면 난해시가 되고 너무 얕으면 쉬운 시가 되는 이유도 여기에 있다.

기세원 시인은 촌부가 된지 오래다. 몸짓과 언어에서, 그리고 그의 문학작품에서는 농부의 체취를 느낄 수 있다. 참깨가

자라면 시도 자라고 시가 자라면 참깨가 익어갔다. 그가 길러
내는 작물은 금전으로 환산된 가치가 아니라 삶의 의미를 길
러내는 시가 되어있다. 커가면서 꽃 피우고 열매 맺는 농작물
을 보며 전쟁과 평화를 생각한다는 것은 그만큼 상상력의 폭
이 크다는 것을 암시하고 있다. 「참깨 밭에서」는 기세원 시인
의 삶의 방향을 알 수 있는 작품이라고 할 수 있다. 시인이 추
구하는 평화는 추상적으로 그려놓은 막연한 꿈나라가 아니라
'유추'에 의하여 펼쳐진 현실이 되었다. 시인이 가꾸는 참깨 밭
에서 전개되는 전쟁과 평화의 시구 하나하나를 예로 들어가며
유추에 의한 시어의 상관관계를 살펴보기로 한다.

전쟁의 나라가 없어졌으면 좋겠다
매일매일 꽃향기가
담장 위로 피어오르고
아침밥을 짓는 고소한 냄새가
온 마을에 가득 찼으면 좋겠다

저 병정이 부는 나팔이
참깨 꽃으로 변했으면 좋겠다
난무하는 포탄과 총알대신에
벌과 나비가 날아다녔으면 좋겠다

산마다 들마다 길거리에도
화약 냄새 대신에

참깨 익는 냄새 피어났으면 좋겠다

피비린내가 아닌

고소한 참기름 냄새가 풍겼으면 좋겠다

밤이면 번쩍이는 섬광을 뿜으며 날아가는 불빛대신에

여무는 참깨 밭에서 반딧불이 떼로 날아다녔으면 좋겠다

병정의 진군나팔이 멈추고

꽃잎 진 자리마다 포탄 같은 열매 맺혔으면 좋겠다

저 날아다니는 포탄과 총알들이

참깨꼬투리로 주렁주렁 달렸으면 좋겠다

온 가족이 밥상에 둘러앉아

참깨 고소한 파편들로

입안을 가득 채웠으면 좋겠다

–「참깨 밭에서」 전문

이 시의 제재는 물론 '참깨 밭'이다. 그러나 주제는 참깨 밭
과 사뭇 다른 '쇠붙이 전쟁이 사라진 식물성 평화를 소망함'이
라 말할 수 있다. 이 주제는 필자가 임으로 설정한 것이다. 여
기에서 '쇠붙이'와 '식물성'이란 단어를 사용한 것은 전쟁과 평
화의 상징성을 확인시키기 위함이다. 시인은 주제의 실현을
위하여 강줄기가 작은 물줄기를 거느리고 강심을 도도하게 흐
르는 것과 같이 '참깨 밭'을 중심으로 일어나는 여러 가지 상

상력을 하나의 통일된 시상으로 일관되게 이끌어가고 있다.

1연은 이 시의 전제 부분으로 '전쟁이 없는 나라를 위하여' '꽃향기가 담장 위로 피어오르고, 밥 짓는 고소한 냄새가 온 마을에 가득 차기'를 소망하고 있다. 가장 소박한 바람이지만 그 안에는 평화의 상징인 '꽃향기'와 풍족한 삶의 상징인 '밥 냄새'라는 귀중한 조건을 시어의 상관관계에 의하여 연결시켜 놓았다.

2연에서부터 전개되는 비유는 유추에 의한 형상화로 가득 차 있다. '낯설지 않은 낯설기'가 참신하면서도 친밀감이 간다. 전쟁에서 진군을 의미하는 '병정의 나팔'을 청각과 시각에 의하여 '참깨 꽃'과 관계를 맺어놓았다. 이로 인하여 참깨 꽃의 의미는 확장되고 병정의 나팔은 축소되었다. 더구나 전쟁의 무기로 극대화된 '포탄과 총알'이 작은 곤충인 '벌과 나비'로 상치되는 상관관계는 유추의 백미라 할 수 있다. 이는 참깨 밭이 있어 가능한 일이다. 또한 '벌과 나비'가 '포탄과 총알'을 이겨낸다는 놀라운 유추가 그 안에 숨어 있다.

3연에서는 '화약 냄새'가 '참깨 익는 냄새'로 '피비린내가' '고소한 참기름 냄새'로 취각에 의한 대응 관계를 맺어놓았다. 이러한 유추는 뛰어난 상상력의 발현에 온 것이다. 초연 가득한 전쟁터의 공포와 선혈 낭자한 주검의 참상을 저리 태연하게 '참깨 익는 냄새'와 '고소한 참기름 냄새'로 바꾸어 놓은 것은 전원생활에 익숙해진 삶이 있어서 가능한 것이다.

4연에서 '꽃잎 진 자리마다 포탄 같은 열매가 맺히기를, 포탄과 총알들이 참깨꼬투리로 주렁주렁 열리기를' 소망했다.

이 소박하면서도 참신한 유추가 시의 가치를 한층 높게 상승시켰다. 그리하여 마지막 연에서 '둘러앉은 밥상에 참깨 고소한 파편들로 입 안 가득 채우기를 간절히 염원하는' 주제로 접근하고 있다. 이 시는 참깨 밭에서 일어난 '전쟁과 평화'가 광활한 러시아 대륙에서 펼쳐진 대하소설 같은 감동을 주기에 부족함이 없다. 상상에 의한 유추의 상관관계는 문학 장르의 벽을 넘고 있다.

5. 변산 나비 시인

시인은 끊임없이 청산을 꿈꾸며 산다. 청산은 사람이 찾는 희망이며 이상향이다. 저 하늘 너머에 청산이 있고, 청산은 찾아오는 사람을 위하여 팔 벌리고 기다리고 있는 곳이다. 시를 쓰면서 청산을 꿈꾸지 않은 시인이 있던가. 맑은 물이 흐르고 기화요초가 있고 가장 평화롭고 자유로운 곳, 모든 꿈이 다 이루어질 수 있는 곳이 바로 청산이다. 어찌 그 좋은 곳을 혼자 가랴. 시인은 청산을 가기 위하여 나비를 부른다. 나비는 꿈을 찾아가는 수행자이며 도반이다. 그러나 청산은 쉽게 모습을 보여주지 않는다. 구양수의 시 '저 푸른 풀밭이 끝나는 곳이 청산인데 행인은 가도 가도 청산 밖에 있더라' 기세원 시인은 거듭거듭 꿈을 꾸며, 그 꿈을 버리지 않는다. 기세원 시인은 청산을 찾아가는 변산 나비 시인이다.

나비야, 지금 떠나자. 시작은 언제나 빈손이다.

굳은 관목을 버리고 바람 부는 날 호숫가로 가자

호수에는 비와 바람과 햇볕과 시간의 더께를 품은 조각배 있다.

어서 그 배에 오르자. 허공의 모든 달빛을 배위에 쓸어 담고.

남은 달빛은 호수에 뿌려놓고, 그래도 남은 달빛 있거들랑

산마루에 걸어놓고,

지친 열망의 포충망에서 보냈던 술과 눈물의 밤은 잊자.

그대 날개 빛으로 물 드는 호수가 얼마나 아름다우랴.

그대 모습 일렁거리는 호수에 옛 현인의 넋이라도 만난다면

그 또한 얼마나 벅찬 순간이랴.

서러운 역사 품은 작은 조각배 타고 가만가만 노래 부르자.

소곤거리며 내일을 이야기하자.

그리고 새벽 넘어 호수에 해 뜨거들랑 푸른 벌판을 향해 날아

오르자.

나비야, 지금 떠나자.

시작은 언제나 빈손이지만 훗날 역사는 기억하리니.

　－「나비를 위한 시」 전문

"나비야, 지금 떠나자. 시작은 언제나 빈손이다" 시인은 이렇게 이상향을 찾아 빈손으로 떠난다. 나비 벗 삼아 나비처럼 훨훨 청산 찾아가는 기세원 시인은 낭만주의자다. 그가 찾은 곳은 관목숲이 아니라 호수다. 호수에는 세월의 더께를 품은 조각배 한 척이 떠있다. 구양수는 구름이 안내하는 대로 청산

을 찾아가는데 시인은 배를 타고 찾아간다. "허공의 모든 달빛을 배 위에 쓸어 담고, 남은 달빛은 호수에 뿌려놓고, 그래도 남은 달빛 있거들랑 산마루에 걸어놓고"'슬픔의 시간을 모두 잊고 내일을 노래하며, 새벽 넘어 해 뜨는 푸른 벌판을 날아오르자'라고 꿈을 이야기하고 있다. 구양수가 찾아가는 청산은 언제나 청산 밖에 있었지만, 기세원 시인이 찾는 청산에는 역사가 있었다. 처음에는 낭만주의자로 청산을 찾아갔지만 현실주의자가 되어 돌아왔다. "시작은 언제나 빈손이지만 훗날 역사는 기억하리니" 그는 고귀한 역사를 찾아 돌아왔다.

6. 시인의 사명

시의 고유한 목적은 가치 있는 체험의 표현에 있다. 시인은 자기의 사상이나 감정, 특수한 체험까지를 시로 나타낸다. 시 속에 그려진 사물은 주관적으로 윤색된 세계다. 자기의 개성에 따라 자기를 주관화하는 일은 시 창작의 귀중한 임무에 속한다. 그러므로 시인의 주관화의 정도에 따라 독자와 멀어지는 난해시가 되기도 하고 가까워지는 친근한 시가 되기도 한다. 한 번 읽음으로써 손바닥 보듯 의미가 드러나는, 독자의 비위를 맞추기 위하여 깊이가 훤히 보이는 시를 결코 친근한 시라 말할 수는 없다. 곡괭이로 광맥을 캐가다, 한 줄기 빛이 흘러나오는 곳에서 눈부시게 도사리고 있는 금광을 만나듯, 신선한 그러면서도 놀라운 충동을 주는 시가 독자의 사랑을 받는 친근한 시라 말할 수 있다. 기세원 시인을 '변산 바람꽃 시인'이라 말하는 것은 오염되지 않은 순수한 시 정서만을 다루었기 때문에 붙여진 이름이 아니다. 변산의 삶 중 '가치 있는 체험의 표현' 또는 그 '체험의 주관화'가 잘 된 시인이기에 붙여진 이름이기도 하다. 「환삼넝쿨 1」은 이러한 시 중의 하나라 할 수 있다.

위장한 단풍잎으로
사냥하는 뱀처럼 슬금슬금 기어서
대추나무며 감나무며
칭칭 감아 죽이는 저 놀라운 욕정

(2연, 3연 생략)

춘궁기 고리채 가져온 게 죄였지
그 해 농사 뺏기고
해마다 야금야금 전답 뺏겨가며
연명하던 불면의 밤들에
아버지는 비쩍비쩍 말라가고 있었다

지척에 두고도
평생 내장산 단풍 구경 한 번도 못 갔던 아버지가
가을을 채 맞기도 전에
가시넝쿨 단풍잎에 옥죄어 허덕이던 날에도

그러거나 말거나
수많은 넝쿨
손도 모자라

잿빛 씨앗까지 먼지처럼 풀풀 날리며
표독스런 욕망의 저 뻔뻔함에
대추, 밤, 감나무 할 것 없이
하얗게 말라죽는 성하의 계절이여!

　–「환삼넝쿨 1」

　농사는 잡초와 싸워야하는 일이다. 땅을 파서 씨앗을 뿌려 놓으면 제가 알아서 싹이 나고 자라서 결실을 가져오는 것이 아니다. 괭이로 파고 호미로 풀을 캐내야 작물은 실하게 자란다. 허리 휘어지는 아픔과 뼈마디 쑤시는 인고의 세월이 있어야 땅은 주인을 알아보고 수확의 기쁨을 보상해준다. 그런데 유독 농민을 힘들게 하는 잡초가 있다. 그게 '환삼넝쿨'이다. 생명력이 강해서 어릴 때 제거하지 않으면 감당하기 힘들게 자라나 그의 덩굴손이 닿는 곳이면 무엇이든지 사정없이 감고 올라간다. 줄기에는 억센 잔가시가 붙어 살에 닿으면 피를 보고야 마는 야만의 욕정을 가진 풀이다. 「환삼넝쿨 1」은 농촌 생활을 하면서 느낀 기세원 시인의 체험을 주관화하여 쓴 비판적 성격이 강하게 나타난 시다. 그는 환삼넝쿨을 이렇게 말하였다. '닥치는 대로 칭칭 감고 올라가 고사시키는 욕정의 뱀', '아버지를 삐적삐적 말라가게 하는' 춘궁기 고리채업자, 이는 농부를 힘들게 하는 농촌의 현실을 은유와 상징에 의해서 표현한 절정의 시구라고 말하고 싶다. "춘궁기 고리채 가져온 게 죄였지/그 해 농사 뺏기고/해마다 야금야금 전답 뺏겨가며/연명하던 불면의 밤들에/아버지는 비쩍비쩍 말라가고 있었다" '환삼넝쿨 → 욕정의 뱀 → 춘궁기 고리채업자'의 변이는 기세원 시인의 상상력에 의해서 만들어진 뛰어난 시적 안목이라고 할 수 있다. '식물이 동물로, 다시 가장 사악한 고리채업자'로 변신했다. 곡괭이로 광맥을 캐다가 눈부시게 도사리고 있는 금광을 만난 듯 번쩍 눈이 뜨인다. 체험의 주관화가 뛰어나다. 낯설지 않고 신선하다. 벌써 독자와 친근해지고 있다.

"잿빛 씨앗까지 먼지처럼 풀풀 날리며/표독스런 욕망의 저 뻔뻔함에/대추, 밤, 감나무 할 것 없이/하얗게 말라죽는 성하의 계절이여!" 농촌의 현실은 전원생활이 아니다. 끝내 고통을 감내하고 말아야 할 인고의 세월이 있어야 농촌에서 살 수 있다. '환삼넝쿨'은 농촌의 부정적 요소를 지닌 현실의 상징물이다. 순한 듯 순하지 않은 외유내강의 '변산 바람꽃' 시인이 있어 변산의 바람은 지치지 않고 불어오고 있다.

풍년의 들판에서 절망을 본다

안개길 쭈뼛한 출근에

하얀 어둠에서 헤메던
귀농인 가족이 야반도주했다는
아침 첫 보고

연체된 대출금 걱정보다
또 하나의 무너진 희망이
안타까운 황금빛 가을

역귀농해서
고복격양(鼓腹擊壤) 누리면 좋으련만

'나는 자연인이다'
종편의 꼬드김에
청산별곡 되뇌이며
원시의 삶을 기웃거린다

　　─「가을 보고서」 전문

　시인는 자기 언어를 가지고 시를 쓰고 독자는 자신의 언어로 시를 읽는다. 그리고 읽은 결과를 자기 나름대로 정리하고 평가하는 일도 언어를 떠나서는 불가능하다. 또한 이 언어가 잘 되었는가 못 되었는가 하는 점을 따지는 것 또한 언어로써 한다. 이처럼 시와 언어는 불가분의 관계에 있다. 시의 언어는 우리가 일상생활에서 사용하는 언어와 별로 다르지 않다.

시를 쓰기 위한 언어가 따로 있는 것은 아니다. 시의 언어라고 해서 은밀한 곳에 숨겨두었던 특별한 언어를 가지고 오는 것이 아니라, 우리네 일상의 삶에서 늘 쓰는 언어를 그대로 쓰는 것이다. 다만 시의 언어는 일상적 의사소통의 기능만 하는 것이 아니라, 그 이상의 기능을 한다. 이미지를 불러일으켜서 느낌을 생생하게 한다든지 리듬을 살림으로써 말의 맛과 느낌을 운치 있게 하고, 상징의 언어를 사용하여 의미의 울림이 오래 번져 가도록 한다.

필자는「가을 보고서」를 읽으며 기세원 시인의 언어를 보았다. 그는 밭을 맬 때나 이웃 주민과 대화할 때나 출근길 인사에서 쓰는 말을 그대로 시에서 쓴다. 아침 출근길에 들은 이야기다. "안개길 쭈뼛한 출근에/하얀 어둠에서 헤메던/ 귀농인 가족이 야반도주했다는/아침 첫 보고" 전원생활을 하며 자연인처럼 살고 싶어 귀농한 가족이 밤밥을 먹고 도주했다는, 출근길에서 들은 이야기를 전하고 있다. 아무 감동도 없이 일상 언어를 그대로 썼지만, 필자는 필자의 언어로 읽고 해석해야 했다. '하얀 어둠'이란 무엇을 말하는 것일까? 어둠은 검어야 하는데 왜 '하얀'이란 말을 썼을까? 그것은 "풍년의 들판에서 절망을 본다"라는 시구에 정보가 들어있다. '겉풍년, 속 흉년'이라는 말이 어울린다. 눈에 보이는 농촌의 모습과 농민들의 현실은 너무도 다름을 알 수 있다. 꿈을 안고 귀농했다가 야반도주한 귀농인의 가슴은 절망의 불이 타고 있었을 것이다. "연체된 대출금 걱정보다/또 하나의 무너진 희망이/안타까운 황금빛 가을" 귀농인의 희망이 무너진 절망의 가을을 변산 바람꽃 시인은 날카로운 시선으로 보고 있다. 꽃을 노래하고 바람을 부르고 가을하늘을 예찬하는 것으로 시인의 사명을 다 한 것이 아니다. 불우한 사람 곁에서 함께 아파하고 함께 울 수 있어야 시인이다. 깨꽃처럼 향기롭지만 한로의 찬 이슬같이 투명한, 그리고 차디찬 이성으로 시를 써야 할 것이다. 「가을 보고서」에는 기세원 시인의 '인생 보고서'가 들어있다.

7. 끝말

기세원 시인의 시가 '변산 바람꽃'처럼 겨울 한파 맴도는 바위틈에서 피었으면 좋겠다. 그리고 '변산 달팽이'처럼 달맞이꽃이 노랗게 몸속으로 스며들면 좋겠다. 대포와 총알들이 '변산 참깨 밭' 참깨꼬투리로 주렁주렁 달렸으면 좋겠다. '변산 나비'처럼.

새벽 넘어 호수에 해 뜨거들랑 푸른 벌판을 향해 날아오르면 좋겠다. 시인의 낫으로 '환삼넝쿨' 쳐낸 가을밭에서 야무지게 익은 '가을 보고서'를 쓰면 좋겠다.

바람이 불면 달팽이는 깨어난다

기세원 지음

발 행 처 · 도서출판 청어
발 행 인 · 이영철
영 업 · 이동호
홍 보 · 천성래
기 획 · 남기환
편 집 · 방세화
디 자 인 · 이수빈 | 김영은
제작이사 · 공병한
인 쇄 · 두리터

등 록 · 1999년 5월 3일
(제321-3210000251001999000063호)

1판 1쇄 발행 · 2021년 10월 30일

주소 · 서울특별시 서초구 남부순환로 364길 8-15 동일빌딩 2층
대표전화 · 02-586-0477
팩시밀리 · 0303-0942-0478

홈페이지 · www.chungeobook.com
E-mail · ppi20@hanmail.net
ISBN · 979-11-5860-989-4(03810)

본 도서는 전라북도 문화관광재단 2021년 지역문화예술육성지원사업에
선정되어 보조금을 지원받은 사업입니다.